PRÉSENTATION

"Eastwood, Dunkeld
4 septembre 1893

Mon cher Noël,
Je ne sais pas quoi t'écrire, alors je vais te raconter
l'histoire de quatre petits lapins qui s'appelaient
Flopsaut, Trotsaut, Queue-de-Coton et Pierre..."

Voici comment est né Pierre Lapin, le premier d'une portée d'une vingtaine de petits livres, faciles à prendre dans la main. Des générations d'enfants les ont manipulés, avant même de savoir lire, pour se les faire raconter. Ils y sont entrés aussi facilement que le jeune Noël à qui s'adressait Beatrix Potter.

A presque cent ans de là, les images gardent toute leur fraîcheur et une vérité qui tient à une observation scrupuleuse, une précision de naturaliste. La transparence de l'aquarelle rend sensibles la rondeur chaude et palpitante des petits ventres des lapins exposés innocemment, la drôlerie naturelle des vêtements ajustés. Les intérieurs encombrés et chaleureux s'opposent aux vastes espaces sereins, —l'Angleterre des lacs ; entre les deux, l'univers des hommes existe parfois, avec ses dangers pour les petits animaux. Le regard profondément attentif de Beatrix Potter restitue l'étonnement et l'émerveillement des découvertes enfantines.

Fidèles à leur nature animale, les personnages de cet univers incarnent les sentiments élémentaires et forts qui rencontrent un écho chez les petits d'hommes.

Beatrix Potter a aussi travaillé son texte pour qu'il soit toujours plus simple, naturel et direct. Chaque mot porte sa charge de sensations : sons, odeurs, impression de mouvement donnée tant par le rythme vif du texte que par l'image.

La simplicité de Beatrix Potter n'est ni condescendante, ni moralisante. Elle disait: *"Je n'invente pas, je copie. J'écris pour mon propre plaisir, jamais sur commande."*

Ses petits animaux affairés et pourtant disponibles vivent dans un monde où l'on se sent toujours invité.

Geneviève Patte
7 mai 1980

TOM CHATON

BEATRIX POTTER

FREDERICK WARNE
in association with
Gallimard

*Pour réaliser cette édition, les techniques de photogravure
les plus en pointe ont été utilisées, directement à partir des
aquarelles originales de Beatrix Potter, et non comme pour
les éditions antérieures, à partir de plaques usagées. Ce
procédé permet pour la première fois d'apprécier l'œuvre
de l'artiste avec une fraîcheur et une vérité jamais
atteintes même de son vivant.*

FREDERICK WARNE
in association with Editions Gallimard

Published by the Penguin Group
27 Wrights Lane, London W8 5TZ, England
Viking Penguin Inc., 40 West 23rd Street, New York, New York 10010, USA
Penguin Books Australia Ltd, Ringwood, Victoria, Australia
Penguin Books Canada Ltd, 2801 John Street, Markham, Ontario, Canada L3R 1B4
Penguin Books (NZ) Ltd, 182-190 Wairau Road, Auckland 10, New Zealand

Penguin Books Ltd, Registered Offices: Harmondsworth, Middlesex, England

Original title: The Tale of Tom Kitten, 1907
First published in this translation by Editions Gallimard, 1980
This edition first published 1990

Colour reproduction by
East Anglian Engraving Company Ltd, Norwich
Printed and bound in Great Britain by
William Clowes Limited, Beccles and London

*Ce livre est dédié
à tous les petits garnements,
et particulièrement à ceux
qui montent sur le mur
de mon jardin.*

TOM CHATON

Il était une fois trois chatons qui s'appelaient Moufle, Tom Chaton et Mistoufle. Leur fourrure était douce et brillante. Souvent, ils faisaient des cabrioles devant la porte et jouaient dans la poussière.

Un jour, leur mère, Madame Tabitha Tchutchut, avait invité des amies à prendre le thé. Elle alla chercher ses trois chatons pour les laver et les habiller avant que ses hôtes n'arrivent.

E lle commença par les débar-
bouiller (voici Mistoufle).

Puis elle les brossa (voici Moufle).

Enfin, elle leur peigna la queue et les moustaches (celui-ci, c'est Tom Chaton).

Tom avait mauvais caractère et se mit à griffer sa mère.

Tabitha Tchutchut habilla Mistoufle et Moufle de robes blanches et de collerettes. Pour Tom Chaton, elle sortit d'une commode un costume très élégant, mais pas très confortable.

Tom était bien potelé et il avait beaucoup grandi depuis quelque temps. Plusieurs boutons de son costume sautèrent, mais sa mère les recousit aussitôt.

Quand les trois chatons furent prêts, Tabitha eut l'imprudence de les renvoyer jouer au jardin pour qu'ils la laissent tranquille pendant qu'elle préparait les toasts.

« Faites attention de ne pas salir vos costumes, les enfants ! Marchez sur vos pattes de derrière et gardez-vous d'aller jouer près du tas de fumier ou du poulailler. N'allez pas non plus à la porcherie ni à la mare aux canards. »

23

Mistoufle et Moufle descendirent l'allée du jardin d'un pas mal assuré. Presque aussitôt, toutes deux se prirent les pieds dans leurs robes et tombèrent le nez en avant. Quand Moufle et Mistoufle se relevèrent, il y avait plusieurs grosses taches sur leurs vêtements.

« **G**rimpons sur les rocailles et allons nous asseoir sur le mur du jardin », proposa Mistoufle.

Elles mirent leurs robes sens devant derrière et sautèrent d'un bond sur le mur. Mais la collerette blanche de Mistoufle tomba sur le chemin qui passait juste au-dessous.

Tom Chaton, empêtré dans son pantalon n'arrivait pas à sauter. Il escalada les rocailles en piétinant les fougères et en semant ses boutons à droite et à gauche.

Il était tout dépenaillé lorsqu'il atteignit le mur. Mistoufle et Moufle essayèrent de remettre de l'ordre dans ses vêtements. Mais son chapeau tomba et ses derniers boutons sautèrent.

Tandis qu'ils s'affairaient ainsi, ils entendirent les pas de trois canards qui marchaient, peti-peta, l'un derrière l'autre en se dandinant le long du chemin. Ils avançaient à petits pas, peti-peta, de-ci, de-là.

Ils s'arrêtèrent et observèrent les chatons de leurs petits yeux surpris.

Deux des canards, Rebecca et Sophie Canétang ramassèrent le chapeau de Tom Chaton et la collerette de Mistoufle. L'une se coiffa du chapeau, l'autre attacha la collerette à son cou.

Moufle se mit à rire si fort qu'elle en tomba du mur. Mistoufle et Tom Chaton la suivirent, mais, en descendant du mur, ils perdirent ce qui leur restait de vêtements.

« Monsieur Canétang, dit Mistoufle, venez nous aider à rhabiller Tom Chaton. »

M onsieur Canétang s'avança
en se dandinant et vint
ramasser un à un les vêtements
de Tom.

M ais il s'en revêtit lui-
même et ils lui allaient
encore moins bien qu'au chaton.

« Quelle belle matinée », dit
le canard.

P uis il se remit en route, accompagné de Rebecca et de Sophie Canétang, peti-peta, de-ci, de-là.

B ientôt, Tabitha Tchutchut
descendit dans le jardin et
trouva ses chatons sur le mur
sans aucun vêtement.

Elle les fit descendre, leur donna à chacun une tape et les ramena à la maison.

« Mes amies vont arriver d'un moment à l'autre et vous n'êtes pas présentables ! Vous me faites honte ! »

Elle les envoya dans leur chambre et je suis obligée de dire que Tabitha fit croire à ses amies que ses trois chatons étaient au lit avec la rougeole, ce qui, bien sûr, n'était pas vrai.

En fait, les trois chatons n'étaient pas du tout au lit. Bien au contraire, ils étaient en train de s'amuser et les invitées de Tabitha les entendaient faire beaucoup de bruit au-dessus de leur tête, ce qui les empêcha de boire leur thé tranquillement.

Je crois qu'un jour il faudra que j'écrive un autre livre, un gros livre pour vous en dire plus sur Tom Chaton.

Quant aux canards, ils retournèrent dans leur mare et tous leurs vêtements tombèrent au fond de l'eau faute de boutons pour les attacher.

Monsieur Canétang, Rebecca et Sophie les ont longtemps cherchés et les cherchent encore.